CHAPITRE PREMIER [1]

Qu'est-ce que la passion ?

La passion est une sorte d'extase qui réside surtout dans une exaltation : soit cérébrale ou sensuelle.

L'homme ou la femme qui ressent cette exaltation offre une proie facile à celle ou celui, qui, resté calme, dirigera à sa guise ces flots tumultueux de désirs vers une issue frayée d'avance par la froide conception d'une volonté qui — celle-là — conduira où elle le voudra cet être désemparé qui se livre complètement dans ce moment de folie et d'extase.

Celui ou celle qui subitement s'enflamme devant un objectif que, toujours, ses sens allumés de désirs latents lui présentent comme un rêve idéal, abdiquera toute volonté, tout contrôle et laissera à la place de la perspicacité une croyance naïve en l'être qui — jouant habilement un rôle d'illusioniste — va faire miroiter devant l'imagination exaltée de son partenaire la réciprocité d'un amour profond et sincère.

Par quels moyens peut-on faire arriver cette exaltation d'amour? Par quelles ruses peut-on faire changer
en passion une simple camaraderie ou une amitié
banale? C'est ce que je vais vous apprendre dans cette
méthode, véritable bréviaire d'amour. Par la connais-
sance du tempérament exact de chaque nature, vous
agirez suivant cette nature en prenant pour principe
de suivre exactement les conseils que je vous donnerai.

CHAPÎTRE II

La femme nerveuse.

Les femmes sont avant tout coquettes et surtout avides de caresses, elles se croient toutes remplies de séductions qui doivent enflammer de suite les sens de l'homme qui les approchera. Leurs ruses consistent surtout en des essais plus ou moins habiles où, là, tâtant le terrain, elles sonderont d'après l'émoi qu'elles verront se produire chez celui qui leur parlera — même de choses banales — si, vraiment elles lui plaisent.

La femme nerveuse se plaît surtout à ce jeu de coquetterie. Elle cherche la flatterie et voudrait être distinguée entre toutes. Elle s'énerve très vite quand elle sent que ses regards ne sont pas assez charmeurs pour troubler son partenaire. C'est une très dangereuse expérience qu'elle fait souvent — car celle-là succombera plus vite et plus vite aussi elle laissera pénétrer en elle les effluves magnétiques que l'on pourra lancer habilement sur elle, rien que par le regard, par l'attraction lente des mots doux et caressants murmurés à voix basse.

La femme nerveuse prend plus vite qu'une autre une résolution. Elle se lance sans réfléchir dans les sentiers inconnus souvent par elle de la passion. Elle laisse pénétrer plus profondément dans ses sens exaspérés par la nervosité de son tempérament le charme triomphant de l'amour qui va faire battre follement ses artères, enflammer sa structure nerveuse, faire flamber sa moelle épinière et laisser sur son cerveau exalté l'empreinte passagère — mais enivrante — de la folle ivresse et de l'amour.

Jeunes gens, méfiez-vous de ces femmes-là ! L'hystérie qui est en elles vous donnera une ivresse passagère mais le réveil brutalement sera plus cruel. Vous aurez les ennuis qui, toujours, s'attachent après celui ou celle qui, — trop imprudemment — s'est aventuré dans des sentiers remplis d'artifices, dissimulés sous des fleurs aux couleurs chatoyantes.

La femme nerveuse se reconnait à la fébrilité de ses gestes, à ses regards comme égarés quand on la fixe un moment, à ses paroles inconséquentes, à son allure un peu désordonnée et à un Jean-foutisme qui montre plus que tout le danger pour plus tard de vous trouver devant une personne qui ne reculera pas, même devant un scandale, pour se venger de vous, — si pour une cause ou une autre vous cessiez votre beau roman d'amour avec elle.

Les yeux brillants de fièvre, la démarche comme somnambulique, les gestes saccadés, tout révèle le détraquement de l'être psychique qui, révolté contre tout ce qui est conventions sociales — tenue ou maintien honnête — vous crieront : celles-là sont les pires que l'on puisse fréquenter ; ce sont celles qui causent les drames, les scandales, les ennuis multiples et qui — plus tard — folles de haine, risquent tout, plutôt que de voir partir celui qu'elles ont aimé, peut-être, mais ont voulu surtout enchaîner à elles pour la vie entière.

La femme nerveuse plaît. Elle a tout d'abord l'aspect d'une sensitive, elle semble être très ingénue et son sourire sous lequel grimace le sphinx de la volupté paraît être séduisant et fait vibrer — trop souvent, hélas ! — les sens de l'homme. C'est une sirène qui peut cacher habilement sous des airs de douceur un volcan prêt à engloutir sous ses ruines les illusions que l'imprudent — qui s'est frotté à elle — aura apportées en parallèle de ses airs de douceur et de gentillesse avenante.

La femme nerveuse est une détraquée qu'il faut fuir pour ne pas tomber dans le piège (1) habile des filets qu'elle tend à la loyauté et à la passion sincère d'un être épris.

Jeunes gens, sondez les yeux de chaque femme ! vous y lirez comme dans un livre ouvert son tempé-

---

(1) Voir du même auteur *Pour attirer et séduire*.

rament. La femme nerveuse a toujours un égarement
dans le regard. Ses gestes saccadés, ses mouvements
d'humeur qui changent continuellement indiquent
que son cœur est une vague mouvante dont les flots
agités font naître — tour à tour — chez elle : la passion folle, le dépit, la jalousie, la haine ; pire, quelque-
fois arment le bras vengeur qui tient le revolver qui
se braquera sur l'amoureux de la veille . . . . .
. . . .

Le point faible de la femme nerveuse est la préten-
tion : elle veut briller toujours. Flattez habilement
cette créature, laissez voir une passion poussée au
dernier paroxysme, faites habilement miroiter devant
elle que vous avez souvent des propositions d'autres
femmes, excitez-la par la peur d'être délaissée par
vous.

C'est une femme qui se cramponnera — car la
femme nerveuse n'aime que celui qui lui montre
qu'elle n'est pas seule sur terre, que d'autres peuvent
l'égaler. Jouez habilement votre rôle jaloux et prenez-
la par l'énervement de scènes répétées qui lui repro-
cheront ses infidélités continuelles à la foi jurée. Folle
de rage, elle voudra savoir d'où vous tenez ces mensonges. Laissez-la chercher, batailler et profitez du
moment de surexcitation où la jetteront vos reproches
et vos doutes : vous serez follement aimé.

CHAPITRE III

L'homme énervé.

L'homme qui a un tempérament hystérique se reconnaît facilement à son irritabilité. C'est un grincheux qui, toujours, trouve à redire à quelque chose, sa figure porte la crispation continuelle des énervés. Il est intraitable si l'on ne tombe pas dans ses idées. C'est un être insupportable qui se rend presque odieux à tout son entourage par ses scènes, ses crises de fureur, ses reproches injustifiés. Ne pouvant pas faire marcher tout le monde à sa guise, il s'en prend à celui ou celle qui est forcé de rester à ses côtés : soit dans son service, s'il est chef de bureau ou d'atelier où il rendra la vie insupportable à ses subordonnés ou bien dans son ménage — s'il est marié — faisant de sa femme une martyre qui devra subir tous ses caprices.

L'homme énervé affecte d'ordinaire près des femmes qu'il veut conquérir une grande suffisance. Il leur parle sur un ton de supériorité qui le fait reconnaître de suite. Affectant des airs de grand seigneur, il vante

sans cesse sa position, ses qualités, son don d'obser-
vation, ses avantages physiques — ces derniers mêmes
n'existeraient-ils pas !

Très impérieux, il semble vouloir prouver par un
despotisme qui s'affirme sans motif à tout moment
que lui seul sait voir juste, sait comprendre, deviner
et peut faire arriver telle faveur et avoir une réussite
dans telle démarche qu'on peut lui demander.

Vis-à-vis d'une maîtresse, il la lassera vite par le
ton dominateur qui veut être obéi dans tout ce qu'il
demandera.

Une liaison durera avec lui juste le temps voulu
pour que la femme qui s'est aventurée là parte avec le
dégoût à jamais d'une pareille rencontre. Les scènes
qu'elle aura eues à subir, les reproches, les menaces
même l'auront suffisamment fixée pour qu'elle prenne
très vite une autre attitude que celle qu'elle avait au
début où, — confiante souvent — elle avait été prise
par ce mirage trompeur de la faconde et de la fatuité.

L'homme énervé possède au suprême degré l'art de
se faire haïr. Il est amoureux juste ce qu'il faut pour
ne point passer indifférent. Il a peur de donner de lui-
même une minute seulement d'attention ou de gentillesse. C'est un impulsif qui suivra tous les caprices
que son tempérament surexcitable fera naître continuellement — mais qui sera incapable d'un attache-
ment vrai ou sincère.

A l'égal de la femme nerveuse — hystérique qui ne
vibre que par l'imagination — il voltige de l'une à

l'autre. Papillon léger, il cherche l'éblouissement d'une illusion nouvelle — d'une éphémère tendresse — qui veut être admiré, qui se pavane et tourne toujours dans un cercle vicieux, où il émousse peu à peu tous les sentiments exquis de la sensibilité et qui — croyant plaire — jette avec désinvolture et fanfaronnade la poudre factice qui va faire croire aux naïves que, peut-être, elles seront aimées plus d'une heure par lui.

Les femmes sentimentales qui le recherchent flattent surtout l'amour-propre de l'homme énervé. Il joue avec l'amour comme le chat joue avec la souris. Les tendresses banales des femmes faciles ne l'attirent pas. Ce qu'il lui faut, c'est la naïve qui croira au mensonge traître de son amour théâtral ; c'est celle qui se prendra à la glu de ses roulades, de ses airs dominateurs et charlatanesques. Tout crie dans cet homme : c'est une femmelette, il a tous les vices, toutes les roueries des coquettes et son but est de tromper et duper toutes celles qui se présenteront à proximité de son regard enflammé de fièvre.

La figure agitée de tics nerveux souvent, la fébrilité du regard, les gestes saccadés et comme soudain pris du besoin de mouvement, cet homme porte sur lui le masque complet du détraqué. C'est un dangereux individu pour celle qui, ignorante et peu physionomiste, s'est laissée prendre au trébuchet d'un piège habilement tendu et a accepté — sans en calculer les conséquences — un amour qui la fera souffrir plus tard. . . . .

L'homme énervé est un détraqué. Agissez vis-à-vis
de lui en dosant habilement vos sous-entendus. Ne le
contrariez pas. Faites semblant de croire en lui, mais
laissez voir souvent une rancune ou une bouderie dont
vous ne voudrez pas dire le motif. Cet homme est
batailleur. Répondez-lui parfois, assez pour l'exciter à
livrer ce qui se passe dans son cœur. Il y a souvent
une pointe d'ironie dans ses paroles. Répondez sur le
même ton. Excitez-le par les réponses qui contrediront
ses paroles.

C'est par la discussion âpre de vos disputes que
vous vous l'attacherez. La femme qui serait indifférente à ce qu'il dit le lasserait de suite, son détraquement nerveux est la cause de ses exaltations cérébrales.
Il aime la discussion ; les prévenances les plus douces
l'irritent. Servez-lui à flots ce qu'il aime : les scènes de
jalousie! les reproches! les insinuations sur sa con-
duite et vous verrez cet homme contredire une à une
vos phrases — mais quand même se plaire en votre
société pour le motif seul : qu'il trouve en vous un
partenaire d'égale force.

CHAPITRE IV

La femme passionnée.

Quand vous avez une maîtresse vous croyez son amour sincère parce qu'elle vous rend avec fougue vos baisers. Dissimulez, restez froid, observez le jeu de cette femme, contemplez le tableau exact que présentent toutes ces démonstrations d'amour. La femme passionnée aura du dépit de votre recul devant ses avances. Vous avez de la fatigue, elle le croira. Une sorte de bouderie se fera voir. Laissez passer sans y faire attention cet orage. Observez toujours et voyez avant peu une traîtrise apparaître dans un air dégagé. Pas de pleurs, pas de scènes qu'une sorte d'ironie si vous cherchez à vous rapprocher plus souvent d'elle : c'est que les sens de votre partenaire sont satisfaits, il y a anguille sous roche. La femme passionnée ne s'attarde pas longtemps à des scènes qu'elle juge inutiles. Ce qu'il lui faut, vous avez semblé ne pas pouvoir lui donner, elle l'a trouvé ailleurs, son contentement vous le prouve mieux que tout. Observez et voyez des scènes brèves d'abord, puis peu à peu une joie mal dissimulée et un manque complet de prévenances à votre égard.

Toute la psychologie de la passionnée réside dans ceci :

— Ce n'est pas là que je peux trouver ce qu'il me faut, je le cherche ailleurs.

La femme passionnée n'est pas fidèle, son tempérament s'y oppose. Elle n'a pas la patience d'attendre, elle brave tout plutôt que de se priver quelque temps. C'est avant tout une nature entière et brutale. Vous la reconnaîtrez à son parler énergique, à ses yeux lançant des flammes, à son air hautain et méprisant. C'est la femme qui obéit non à son cœur mais à ses sens. Elle a une absence complète de pudeur et la sentimentalité n'a aucune prise sur elle. Elle aime pour un instant ; le caprice une fois passé, l'amour n'existe plus pour elle. Très belle souvent, d'une beauté froide et qui se conserve, elle marque sur ses traits la tranquilité parfaite de l'être qui a conscience de sa force et qui, sans aucun souci ni remords, va où son intérêt le guide.

Ce sont celles qui enchaînent un homme dans une liaison honteuse souvent. Elles possèdent l'art de faire croire à des sentiments exquis de l'âme. Elles rusent avec la loyauté et font de ceux qui, naïvement, les aiment des esclaves (1) assujettis pour longtemps

---

(1) Voir du même auteur : *Charme et Fascination*.

à leur despotisme . . . .

. . . .

La femme passionnée désire les caresses, les adulations, les admirations continuelles pour sa personne.
Si vous voulez vous attacher cette femme, ne voyez
qu'elle, ne pensez qu'à elle, soyez son toutou fidèle et
surtout ayez le tempérament nécessaire pour répondre
au sien. C'est par un raffinement de prévenances et
de caresses que vous vous l'attacherez.

Plus vous aurez été libertin, plus vous aurez le
renom de séducteur, plus elle se sentira attirée vers
vous. C'est la passion qui la conduira dans vos bras.
Pour qu'elle y tombe, montrez-lui que vous êtes capable
de répondre aux feux impurs qui la consument toute.

Cette sorte de femme est dominée entièrement par
ses sens. Excitez-les par de savantes avances. N'atten-
dez pas que le dépit la prenne en voyant que vous
hésitez. Allez vers elle de suite au premier signal
qu'elle vous fera. C'est une nature violente et grossière, rien ne peut la choquer.

Vous aurez le succès que l'homme remporte toujours quand il a devant soi l'appel impérieux des sens
qui ne peuvent pas se révolter devant un acquiesce-
ment mis à leur demande.

La femme passionnée veut des caresses. Ne lui
refusez ce qu'elle désire que juste le temps voulu pour
sonder exactement si vous pouvez sans crainte appro-
cher du sentier où elle marche la première en vous
tendant les bras.

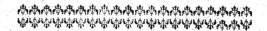

CHAPITRE V

L'homme passionné.

Nature grossière et bestiale qui ne s'aventure pas dans des chemins difficiles ni épineux où il faudrait patienter, ruser, écarter les obstacles un à un avant de pouvoir aborder la tourterelle qui — palpitante — se déroberait à chaque essai nouveau et s'efforcerait de rester pure de toute tentative pouvant effleurer sa réputation ou sa vertu.

L'homme passionné — viveur par excellence — ne s'adresse pas aux femmes délicates et sentimentales. Il exerce son empire sur de plus faciles conquêtes. Les femmes qui font métier de galanterie, celles qui sont plus susceptibles que d'autres de succomber très vite, ce sont celles-là qu'il recherche.

La douceur enveloppante du flirt ne lui convient pas. Il n'est pas un séducteur, son désir bestial n'est pas assez subtil pour lui laisser entrevoir des ivresses cérébrales qui pourraient contenter ses sens exaspérés.

Non, l'homme passionné cherche de suite la possession même de celle qu'il convoite. Il n'a aucun désir, excepté celui d'un moment de passion charnelle. Les câlineries, les douces prévenances, les charmantes fariboles de l'amour ne l'attirent pas. Ce sont des fleurs exquises qui n'excitent pas sa sensibilité nerveuse. La femme qui lui plaît est celle qui répond de suite à ses désirs grossiers de jouisseur. Il ne peut pas comprendre la miévrerie des phrases charmantes que se murmurent à l'oreille les amants. Il n'a pas de goût raffiné et ne distingue pas les nuances délicates des sentiments exquis que peuvent faire rayonner dans un doux sourire ou une pression de main les vrais amoureux.

Son tempérament ardent, et dont la violence des désirs s'exalte par l'idée seule d'une rapide conquête, ne laissera jamais à son cœur — fermé à tout sentiment élevé — le temps d'analyser, de voir, de regarder de près les gestes, les attitudes, les qualités morales de celle qu'il veut voir tomber dans ses bras. Qu'elle soit une femme de mentalité suspecte et capable de toutes les vilenies, pour lui qu'importe ! Il ne s'attardera pas à son côté plus de temps qu'il ne lui en faudra pour satisfaire son caprice.

Pour cet homme, le seul charme qu'une femme peut déployer sur lui, c'est d'avoir une nature pervertie comme la sienne. Plus elle sera dépravée, rusée et vicieuse, plus il ressentira près d'elle l'ivresse folle des sens qu'elle aura su faire vibrer par son dévergondage même.

C'est dans une crise de passion qu'il a recherché la femme, c'est dans un froid calcul qu'il la lâche et la jette hors de ses bras, Elle n'a laissé sur lui aucune trace, son cœur n'a jamais vibré, ses sens seuls ont eu une seconde l'excitation voulue pour faire croire à une passion vraie.

C'est l'homme qui rend les femmes malheureuses quand — naïves — elles tombent entre ses bras : soit dans le mariage ou dans une liaison. Cet homme, dont toute la volonté est tendue à s'amuser et à porter son désir là où il peut trouver du plaisir, sera celui qui fera souffrir atrocement celle qui sera liée à lui par des liens d'amour.

L'homme passionné aime sa personne. Il satisfait ses désirs qui se renouvellent sans cesse. Il suit ses caprices mais ne donne pas à une femme une minute de son existence amoureuse. Il brave tout : considération, respectabilité, foyer. Tout se vaporise dans le féroce égoïsme de cet être qui ne vit que pour lui, que pour satisfaire sa nature affamée de sensualité et qui, incapable d'aimer, n'écoutera jamais que la voix de la luxure qui — dominant chez lui toute autre sensation — le mènera dans les pires excès et les débauches.

. . . .

. . . .

L'homme passionné aime la femme pour ce qu'elle peut lui fournir d'amusement. C'est un individu grossier, vulgaire de nature. Il s'attachera toujours à celle qui répondra sur le même ton que lui à ses avances et

n'ira pas chercher dans le cœur de celle qu'il aimera
— quelque temps seulement — des délicatesses de
sentiment qu'il ne saurait pas voir ni apprécier.

Pour vous attacher cet homme, il vous faudra subir
sans broncher tous ses caprices. Laissez-le s'avancer,
mais ne lui donnez pas le temps de voir votre ennui ou
votre dégoût. Vous l'amuserez autant de temps que
vous serez l'esclave qu'il veut voir toujours dans celle
qu'il choisit un instant pour compagne. C'est un
orgueilleux! Flattez cet orgueil et ne laissez jamais
voir qu'un autre est plus intelligent ou a plus d'esprit
que lui.

C'est par une docilité de tous les instants que votre
amour pourra durer quelque temps.

CHAPITRE VI

. La femme faible de caractère.

La femme faible de caractère se reconnaît à son insouciance, à ses airs de se moquer des convenances sociales et surtout à ses excentricités de caractère qui, un jour, est gai et un autre jour ombrageux et maussade. Elle paraît être très affectueuse, mais pourtant elle est insensible à toute démonstration de tendresse vraie.

Très susceptible, elle paraît ressentir plus vivement qu'une autre la flatterie. Elle redoute les ennuis d'une attente prolongée. Elle aime que toutes les difficultés soient aplanies. Son cœur reste calme, sans enthousiasme aucun. Elle ne s'anime que pour montrer des mouvements de colère ou d'animosité quand une blessure — si petite soit-elle — effleure son amour-propre exagéré de prétentieuse et de coquette.

La coquetterie est sa seule occupation. Le cœur

vide, elle ne pense qu'à s'embellir pour pouvoir faire envie aux autres. Le goût de la parade, du clinquant frappe seul son imagination. Tout ce qui reluit l'attire. Elle ne peut pas vivre dans l'isolement, il lui faut le tam-tam et la foule pour s'exhiber et montrer une fortune — souvent factice — ou des appas qu'elle farde, truque ou bien pare de toutes les attractions que la mode permet.

Suivant les circonstances, elle sera fidèle ou infidèle, ni respect d'elle-même, ni pudeur, ne la retiendront. Une seule idée dominera : l'envie de paraître, d'éblouir, d'éclipser surtout ses voisins.

La femme faible de caractère est souvent jalouse, mais sans motifs, ni sans que son cœur batte pour celui pour lequel elle affecte une grande passion qui la fait souffrir, dit-elle.

C'est pour un rien qu'elle devient jalouse. C'est la peur seule qu'une autre lui prenne celui qu'elle dédaigne souvent — qui ne l'intéresse pas — mais qu'elle veut voir toujours à ses pieds quand même.

La femme faible de caractère se laisse dominer par l'ambition, elle ne se trouble que pour l'idée qu'elle va s'élever subitement au-dessus du commun des mortels. C'est la redoutable malade qui suivra peu à peu les influences bonnes ou mauvaises qu'on lui suggérera et qui, en despote, relancera ses rancunes sur celui qui l'aimera, si la chimère qu'elle poursuit — en faire son esclave — n'est pas atteinte.

. . . .

La femme faible de caractère succombera toujours à un moment donné. Elle se livrera entièrement dans une minute de trouble où la jettera l'habile persuasion qu'elle est supérieure aux autres.

Très prétentieuse, elle se grisera de flatteries basses, elle laissera partir toute sa volonté et sera la docile épave que le malin qui saura s'y prendre jettera où il voudra : dans les flots tumultueux d'une passion où — éblouie — elle se croira élevée sur un piédestal où tous vont l'envier. C'est par le miroitement du luxe ou de la toilette que l'on peut lui offrir qu'elle se donnera.

CHAPITRE VII

L'homme faible de caractère.

L'homme faible de caractère se reconnaît par un manque de volonté presque complète, une humeur toujours égale, une parfaite indifférence pour ce qui peut arriver, un manque de perspicacité qui lui fait accepter tout ce qu'on lui dit comme formel et n'ayant pas à subir d'examen.

La nature passive de cet homme est faite principalement de paresse et d'inertie mentales ; il veut prendre le temps comme il vient et n'importe quelle catastrophe — même la plus effroyable — le laisse indifférent. C'est un être dépourvu totalement de sensibilité nerveuse. Il ne vibre pas aux émotions sentimentales. Il n'offre qu'une faible résistance, mais son cœur reste comme absent et ne s'ouvre pas aux sentiments exquis de la passion vraie. Il aime, mais comme un enfant aime le jouet qui l'amuse une heure. Rien en lui ne se trouble quand un retard, une circonstance quelconque empêche la femme — soi-disant

aimée par lui — de venir à l'heure fixée pour un ren-
dez-vous d'amour.

Cet homme peut avoir l'air d'aimer, mais il n'aime
pas ! Il semble attentif et prévenant, mais cette attention, cette prévenance ne sont que des marques visibles
de politesse et de savoir-vivre. Il n'a pas cet accent
qui fait voir l'être épris follement. Rien n'indique dans
le son de sa voix qu'il peut ressentir une émotion, un
trouble quand il se trouve devant celle qui s'est rendue
à son appel.

Non ! tout en lui paraît être superficiel. Il est con-
tent, joyeux d'être réuni à elle pour quelques instants,
mais il n'a pas ce vrai bonheur qui rayonne et transfi-
gure celui qui aime sincèrement.

La suffisance de ses gestes, le froid calcul même
qui — parfois — perce dans ses phrases ; tout en lui
montre l'homme qui est là, qui prend une attitude
correcte, mais qui n'a pas d'expansion ni de démonstrations passionnées dans ses paroles de tendresses
débitées comme on récite un rôle appris à l'avance.

L'homme faible de caractère ne s'exaltera que
lorsque, se trouvant en face d'une roublarde, il subira
fatalement l'influence perverse de cette femme —
habile dans l'art de monter la tête et de faire tourner
à son profit telle vilenie qu'elle veut qu'il croie faite
par une autre personne.

C'est alors que cet homme fera voir le fond stupide
de sa nature sans volonté et sans décision. Grisé par
une flatterie basse qui l'enchantera — car l'homme

faible de caractère est gobeur et fat par excellence —
il s'exaltera à la pensée que, peut-être, on peut quelque
part se moquer de lui. Très vaniteux et prétentieux,
il croira voir juste dans les appréciations que d'autres
lui insuffleront. Il sondera ce que veulent dire telles
phrases qu'on lui répète. Et incapable d'analyser le
sens même des insinuations perfides qu'on lui débi-
tera, il s'armera tout à coup d'une colère bête et
méchante.

. . . .

La femme qui, pendant longtemps, voudra conduire
cet être par le bout du nez n'aura qu'à observer jusqu'à
quel point sa vanité bête se cabrera sous les perfides
racontages qu'elle lui fera.

Il prendra un intérêt considérable dans les confi-
dences de cette rusée mâtine. Il croira avoir trouvé la
compagne intelligente et toujours désirée par lui :
celle qui le comprendrait !

Et, ressassant de rengaines favorites cette femme,
il s'attachera à elle, — non pas pour sa beauté ou ses
qualités morales, — mais pour le seul motif qu'elle
sait parler à sa faconde bête : l'éblouir de phrases
magiques qui — toutes — iront porter sur son amour-
propre chatouilleux les ivresses folles de la croyance
en une personne qui le gobe et s'amourache de lui.

C'est par la flatterie basse qu'une femme habile se
fera aimer de cet homme.

CHAPITRE VIII

La femme légère.

La femme légère se remarque toujours à son air moqueur, ironique, à ses airs d'évaporée qui cherche à attirer sur elle l'attention et les adulations. Très bête souvent, elle a cette faconde prétentieuse de celles qui veulent montrer un savoir qu'elles puisent dans les récits faits par d'autres. C'est un vernis factice qui tombe subitement quand on effleure — même très légèrement — le fond intime des phrases superficielles et ramassées dans un fouillis d'anecdotes, contées par d'autres avant.

Le caractère de la femme légère est complexe. Très gaie, exubérante souvent, elle peut paraître sincère et même sympathique à beaucoup d'hommes qui ne sont pas doués d'un sens d'intuition. Elle est très caressante et semble ressentir avec reconnaissance la moindre attention que l'on a pour elle. Mais si vous observez bien ses attitudes, vous y verrez poindre soudain de l'ennui, une lassitude, un laisser-aller de mauvaise éducation qui vous feront voir la nature cocote et légère de cette femme. Tout dans ses gestes crie :

— Je veux être aimée, adulée, je suis l'enjeu que je mets devant ceux qui — naïfs — vont essayer de me prendre au sérieux et de faire de moi leur fiancée, leur maîtresse ou leur femme.

Méfiez-vous de cette sorte de femmes : c'est la plus dangereuse ! Elle affole l'homme par ses coquetteries, ses airs mièvres, sa tendresse câline et ses reparties qui frappent les sens et chatouillent l'amour-propre vaniteux de l'homme.

Mais toujours vous verrez clairement dans le jeu de cette femme si vous invitez chez vous ou dans une promenade un ami quelconque. Les bonnes paroles, les douceurs enveloppantes du regard, les caressantes insinuations, tout sera pour cet intrus que vous aurez présenté, croyant faire acte simplement de politesse envers cet ami. Tout de suite une intimité très grande s'établira entre vos deux partenaires.

Rien n'arrêtera cette femme ! Elle se lancera aussitôt dans un chemin très perfide où les délicates fleurs de l'amitié ne peuvent pas s'épanouir, mais où poussent à profusion les fleurs vénéneuses de l'amour coupable qui vont enivrer et follement exciter les sens de cet ami(1).

---

(1) Voir du même auteur : « *La séduction par le Charme* »

Surpris d'abord — si c'est une nature honnête et
sentimentale — il désirera une plus grande intimité
encore, qui sera une traîtrise faite à la loyauté et à
votre camaraderie à tous deux : la possession de celle
que vous lui aurez présentée comme votre bien, votre
chose, pire, celle que vous aimez et en la fidélité de
laquelle vous croyez.

Jeunes gens, qui tombez dans les pièges habilement
tendus de ces femmes légéres et coquettes, ne laissez
pas votre cœur-battre trop tumultueusement près
d'elles! Observez, méditez les phrases, toutes em-
preintes de folles promesses qu'elles vous font!
Regardez attentivement les attitudes de ces femmes
devant vos amis. Ayez l'air de ne pas voir, — même
si vous vous apercevez de privautés trop libres entre
eux et elles — laissez croire à un aveuglement complet.
Laissez faire et ne vous emballez pas. Bientôt vous
aurez les preuves d'une trahison qui sera complète.

Vous aurez vu le caractère exact de celle que vous
désirez ou que vous avez pour compagne et, suivant
vos principes, vous partirez pour toujours, ou.... vous
resterez ! ! !

. . . .

. . . .

Comment exciter l'amour fou, la passion d'une
femme légère?

En ayant l'air de ne pas vous apercevoir de ses
duperies, de ses traîtrises, en la comblant de cadeaux,
de louanges, en faisant tout ce qu'elle veut sans

jamais faire aucune allusion à ce qu'elle fait ou peut faire en dehors de vos entrevues.

C'est par une attitude effacée que vous exciterez les sens de cette femme qui croira vous avoir inspiré une passion folle. Très ennuyée parfois, quand des déceptions amoureuses ou de vanité seront venues d'une autre source, elle vous comblera — ce jour-là — de caresses et d'attentions. Vous aurez par ricochet des heures folles d'amour, provoquées, non par le cœur qui vibrerait pour vous, mais par les nerfs surexcités de la donzelle qui, ne sachant à qui montrer ses appas — ce jour-là — ou donner ses tendresses, daignera penser un instant à vous.

CHAPITRE IX

L'homme léger.

L'homme léger évoque dans son ensemble le séduisant profil d'un charmant partenaire. Il donne toute son amabilité pour plaire une minute seulement. Dans ses paroles, ses gestes, se révèle une grâce innée. Il ne fait pas un mouvement sans l'avoir calculé à l'avance. Poseur qui cherche ses attitudes, il semble ne vivre que pour la parade et regarde avec dédain ceux — ou celles — qui ne peuvent satisfaire son envie de distraction pour une heure ou même quelques minutes.

C'est l'homme qui, — froidement — calculera le temps qu'il peut donner à une liaison, à une passion, qu'il sait ne pas devoir durer et qu'il fera briller quand même pour être éternelle aux yeux et au cœur de la naïve qui se frôlera à sa duplicité et sa rouerie de galantin.

C'est un dangereux individu pour celle qui — ignorante de la vie — n'a pas l'expérience voulue pour discerner le vrai sentiment du faux et qui, — papillon diaphane — se brûlera au feu pervers des rayons impurs qu'il ornera de nuances délicates, pour mieux attirer vers lui celle qui croira au mensonge traître de ce rayonnement! de cette flamme ardente! parée des lueurs de l'honnêteté et de la loyauté sous lesquelles se dissimuleront sa lâcheté et ses vices.

Le jouisseur — qu'est l'homme léger — n'a pas le temps de flirter. Il lui faut toujours une proie nouvelle à prendre dans ses filets habilement tendus. Il donne pour quelques minutes le ramage aimable de ses roucoulements passionnés, mais il ne s'attarde pas à tenir des engagements — prononcés dans une minute de comédie — où le désir seul faisait agiter tous les grelots de la folie d'amour.

L'homme léger change de femme comme il change de chemise. Les sentiments vrais de l'amour n'existent pas pour lui. Il ne croit pas à l'amour des femmes et en a le mépris complet. Il s'amuse et pense que tous et toutes font comme lui. Toutes les paroles qu'il prononce sont autant de mensonges vils. Toutes les phrases qu'il pare de promesses sont trompeuses.

Comment cet être, gangrené jusqu'aux moelles par la perversion morale où il s'enlize nuit et jour, pourrait-il croire aux sentiments vrais! aux tendresses hon-

nêtes ! aux serments qui ne seraient pas de faux serments qu'une femme ornerait des fleurs suaves de la
fidélité et de l'amour?

Non ! Il ne croit plus à rien ! Il a renié, le jour où il
était parjure continuellement à la foi jurée à une
fiancée, une amie ou une femme, toutes les droitures
de l'âme qui — tortueuse — mirant le reflet de son
image hypocrite et laide, lui fera voir le cœur de
celles qu'il approchera pour être fait sur le même
patron que le sien.

A-t-il des remords quand il brise le cœur d'une
femme, en la laissant pleurer devant le désespoir de
son amour trahi et parjure?

Non! Il ne sent plus l'émotion des regrets envahir
son cœur! Celui-ci est un bloc de glace où ni les dou-
leurs qu'il cause, ni les drames qu'il laisse derrière lui
n'ont pu effleurer d'un souffle quelconque ce calme
hideux qui s'appelle l'indifférence et le mépris complet
pour tout ce qui ne lui procurerait pas une sensation
nouvelle.

Qu'il soit marié ou garçon, l'homme léger accu-
mule ruines sur ruines ! désastres sur désastres, pleurs
et tristesses ; tout cela s'écroule sur ses pas avec les
illusions des pauvres femmes qui ont cru en lui !

C'est un débauché qui garde le reflet même de ces
deuils. Il a l'air aimable, gracieux, souriant, mais pas
une seule minute l'ennui qui le dévore ne laisse
reposer son regard sur celle-ci ou celle-là. Toutes, il
les désire! Toutes celles qu'il pourra, il les fera tom-

ber! Puis, se relevant — plus ignomineux après
chaque chute de ses victimes — il marchera comme
un spectre qui s'avance lentement vers la Douleur
pour trouver d'autres naïves ! pour causer d'autres
désastres ! pour accumuler sur ses pas d'autres tristesses ! qui sèmeront à profusion derrière lui les
fleurs funèbres des amours mortes à jamais, qu'il ne
veut plus voir, dont il ne veut même pas entendre
parler!...

Le coureur est un homme qui plaît à beaucoup. Il
a tout ce qu'il faut pour duper et faire croire à un
galant homme : le regard ardent et passionné, les
paroles traîtresses, enguirlandées de mots choisis qui
— tous — porteront leurs flèches meurtrières sur la
vanité des coquettes ou des prétentieuses ! tout le ver-
biage galant qui criera :

— Je t'aime à la folie et te désire!...

Tout cela c'est l'arsenal redoutable qui versera à
flots sur l'imprudente les flèches perfides des illusions,
dont elle va auréoler l'avenir et croire à un bonheur
venu subitement pour elle.

C'est la plus grande folie qu'une femme puisse faire
que de s'attacher à un de ces hommes-là!!!

. . . .

. . . .

Si pour une cause ou pour une autre, toutefois, vous
voulez essayer de vous attacher cet homme par des
chaînes — plus ou moins fortes — essayez de frapper
sa vanité, son amour-propre. N'essayez pas de le

retenir dans vos bras : il vous échapperait quand même.

De temps à autre, laissez ce papillon voltiger, butiner, s'amuser librement.

C'est par la douceur de votre caractère que vous le tiendrez un certain temps attaché à vous. Il ne verra pas clairement votre jeu, il croira que vous l'aimez. C'est un présomptueux et un orgueilleux, il sentira plus que jamais qu'il a fait là une conquête plus grande que les autres fois. Flatté, son amour-propre lui criera :

— Va-la voir encore pour contempler ton ouvrage!...

C'est par le sphinx de l'inconnu que vous tiendrez cet homme. Il voudra sonder votre caractère. Il s'excitera à déchiffrer l'Enigme qui est en vous. Pas un mot de reproches pour ses sorties! pour ses absences! tout lui criera :

— Qu'y a-t-il donc? Celle-là n'est pas comme les autres!!

Laissez faire habilement le temps. La jalousie naîtra peu à peu. Vous exciterez cette jalousie par votre coquetterie. Plus il aura l'air de ne pas s'occuper de vous, plus vous serez indifférente pour lui.

C'est par le doute que — peut-être — vous lui rendez la pareille qu'il s'attardera plus longtemps près de vous.

CALYPSO.

Angers. — Imp. Gaultier et Thébert.

Imprimé en France
FROC011919270520
24120FR00012B/197